Pedro Eiras

PURGATÓRIO

CB140659

ASSÍRIO & ALVIM

Título: PURGATÓRIO
© 2021, Pedro Eiras

1ª. Edição, 2024

Supervisão de arte: Carlos Renato
Revisão de texto: Alessandro Thomé
Imagem da capa: Gravura de Gustave Doré

Dados Internacionais de Catalogação na Publicação (CIP)
(Câmara Brasileira do Livro, SP, Brasil)

Eiras, Pedro
Purgatório / Pedro Eiras.
São Paulo: Autores e ideias: Assírio & Alvim, 2024.
ISBN 978-65-84832-10-7
1. Poesia portuguesa I. Título.
23-173691 CDD-869.1

Índices para catálogo sistemático:
1. Poesia: Literatura brasileira 869.1
Eliane de Freitas Leite - Bibliotecária - CRB-8/8415

Todos os direitos reservados. Nenhuma parte desta publicação poderá ser reproduzida por qualquer meio ou forma sem prévia autorização de Autores e Ideias Editora Ltda. A violação dos direitos autorais é crime estabelecido na Lei nº 9.610/98 e punido pelo artigo 184 do Código Penal.

ASSÍRIO & ALVIM é um selo editorial publicado no Brasil pela Autores e Ideias Editora Ltda. sob licença da Porto Editora S.A.

Contato: assirioealvimbrasil@gmail.com
@assiriobr
www.assirio.com.br

REPÚBLICA PORTUGUESA CULTURA
DIREÇÃO-GERAL DO LIVRO, DOS ARQUIVOS E DAS BIBLIOTECAS

Edição apoiada pela Direção-Geral do Livro, dos Arquivos e das Bibliotecas/Cultura - Portugal

PURGATÓRIO

I

Dos três livros,
talvez este seja o mais difícil
de escrever:

os vidros estão baços,
os sofás já viram
melhores dias,

as revistas são
todas
do ano passado.

Juro que os ponteiros
andam
para trás,

e a tolerância das senhas
há muito
caducou.

Mas fazemos batota, apagamos
as palavras cruzadas,
recomeçamos,

fingimos
que a porta se abre
e alguém diz o nosso nome,

fingimos que é
a nossa vez de dormirmos
um sono

lustral.

II

Dos três livros, este
talvez seja o mais difícil
de escrever:
livro dos que não são quentes

nem frios; livro das maiorias,
dos diluídos na
multidão, no desfile
sincronizado;

livro dos invisíveis; dos que
não são propriamente
más pessoas; se cometeram
um crime, foi

por negligência; por
distracção; porque calhou;
por culpa da sede mal distribuída;
ou só por pouca sorte:

a rua escura,
a curva estreita,
o toldo do cansaço,
nada de especial.

Livro dos que dizem «cumpri ordens»,
ou «toda a gente faz assim»;
ou «se naquela altura eu soubesse
o que sei hoje» —

mas não sabiam, nem ninguém sabe
que gesto decide, à última hora,
o pousar da mão,
o pulso irregular;

pois «se eu soubesse naquela altura,
etc.», então «eu» não seria
«eu», nem «aquela altura»
a mesma altura — etc., etc.

Livro
dos erros cometidos por acidente:
«já não sou a mesma pessoa que
disse aquilo»;

porém, como os filhos
herdavam a culpa dos pais
(«que a maldição caia sobre a nossa descendência»,
diziam os livros,

e tu protestavas, iluminista, arriscando
a heresia),
assim herdamos os erros
que não cometemos — «eu não sabia, eu era

jovem, inexperiente» —
quando éramos jovens,
inexperientes,
herdamos, é essa herança

que nós somos.

III

Dos três livros, etc. —

e também há aqueloutra frase
(cf. *Apocalipse*, cito de cor):
«porque não és
quente nem frio
pela Minha boca
te vomitarei»,

essa frase que, num filme, um padre citava
para justificar
perante um jovem idealista
(um tanto tonto, concedamos)
crimes; porque
os crimes — subentendia-se —
eram um mal menor
comparado com não tomar partido,
por um dos lados;

e saímos do cinema
sem saber bem o que tínhamos visto,
fomos beber cervejas, ainda não voltámos,
reclinados em argumentos,
culpas, omissões,
volutas de sono,

between grief and nothing I will take
grief,
words, words, words;

mas as células eram novas,
intactos os terminais de ADN,
e na cozinha do debate as convicções tendiam
para fervuras apocalípticas:
todos queríamos ser
comidos por Deus, e digeridos,
o crime e a danação
em vez do nada,
enquanto a primeira manhã já desembaciava
os vidros cansados:

demasiado cedo, ainda,
para sermos dignos
do remorso.

Somos demasiado jovens, ainda e sempre,
mesmo na hora da morte somos
demasiado jovens ainda: sabemos
tão pouco disto tudo
à nossa volta, tivemos
tão pouco tempo para espreitar as coisas, ver
como funcionam, como apodrecem
mal lhes tocamos.

Nem que vivêssemos cem anos, ou quase mil,
como Matusalém,
já tão cansado de tanto engodo:
não,
nem assim teríamos tempo sequer para começar
esta pesquisa exasperada,
para saber
como o sopro corrompe o vento
e a palavra desfaz a noite.

(Mas pior é nem notar — que há uma vida; tirar a senha, fazer as contas à demora mais provável, esperar a vez, e morrer, em suma, sem saber o nome que nos pertence.)

IV

…mas como assim — um sono lustral?
como assim — apagar os rastos das coisas feitas,
olho por olho, dente por
dente,

como assim — passar por lixívia
a cena do crime, dar o dito
por não dito, como se nada fosse
nunca,

como assim — purgar num fogo lento
as culpas obstinadas, amortizar
os erros em suaves
prestações,

se

a ninguém aproveita este circo de dor,
variante de um vigiar e punir,
exercícios espirituais, esponja
exfoliante?

pois

o remorso não é
retroactivo: nunca o que foi feito
poderá ser
desfeito.

V

Uma palavra, se a luz lhe bate,
parte a meio, deixa à mostra
as duplas vísceras: semente e
podridão,
como sabia Esopo

(Faz, escravo, a melhor
ceia para
os meus amigos; e Esopo serviu língua,
a seladora da paz; todos louvaram
sua sageza; e o senhor desafiou:
Faz agora
a ceia pior; e Esopo serviu
língua, a portadora da guerra; e todos
de novo
exultaram

(porém por tão pouco
não caduca a dialéctica do
senhor e do escravo,
o tribunal inquinado deste mundo:
só a dormir na enxerga
é livre o servo

(mas deixemos isso, fechemos alguns
parênteses, continuemos))) —

por exemplo, a palavra
esperança:

que

a) nunca, mas nunca, acelerou
as hostes celestes, a promoção
de maná
caindo dos montes,
sequer o oportuno ataque cardíaco
de patrões, senhores de terra
e mar, tordesilhas
e outras
cadernetas prediais; pelo contrário,
eles contaram sempre com
o pequeno repouso de cada um,
«já me sinto melhor», «amanhã será
outro dia»,
mas precisamente: não,
o dia seguinte é o mesmo dia,
soma de vinte e quatro horas iguais,
só as mãos se cansam
irreversivelmente,
salmodiando: «quem espera
sempre alcança», dando

a si próprias
um prémio de consolação
feito de lata, cortiça,
a grainha do rancor;

e que

b) viaja no sangue como um são bernardo,
última gota de fogo sob
a avalanche, depois a língua húmida
compadecida;
último arrimo,
tábua à tona do longo
atlântico, engolido
o titanic da tua vida, e afundado;
bocado de cordame, prego, sopro de espuma,
aura improvável na fotografia,
porém esse sinal nos pulsos já te salvou
um par de vezes
do poço último;
ainda que nada fosse,
o nada que era
foi quanto bastasse
para susteres ainda
o sangue na malga
do teu corpo,
esperando
socorros, emissários, resposta à garrafa
embaixadora no alto mar.

VI

Mas como distinguir entre as duas acepções, se tão contrária a si é a própria esperança?

Quer dizer: tenacidade e cobardia, barricada e ópio doce, efeito secundário e mal menor?

Sem especulação filosófica ociosa; a questão é premente: acaso deves, aqui e agora, cultivar a esperança, o optimismo:

saldo remendado do teu sangue?

Em suma: *esperar* é um verbo de dois gumes,
resistente e suicida, com fortes probabilidades
de arrependimento tardio, sem indemnização,

ou teimosia até às últimas consequências,
lei ofuscante, retrato, o nome centrifugado
num espelho de feira popular;

por isso *paciente* tem no dicionário duas faces,
activa e passiva, insurrecta e terminal,
e a boca lavrada pelo fogo nunca sabe

em que língua rigorosa se profere a palavra
contra si mesma levantada, amante traindo
a jura, fogo todo feito de água,

tão contrária a si própria, e tão cheia de nada.

VII

Em qualquer pedra se pode ouvir
o grito dos mortos: basta
tocar-lhe com uma agulha,
correr os sulcos,
e as vozes ecoam
nos ocos, pedindo:
só mais um dia, só mais uma
lâmina de fogo,
para terminarmos esta
peregrinação interrompida:
pois só vimos o lado de cá
das nuvens, e saímos
a meio do acto, ignorando
o que seria dos nossos filhos:
nos bastidores, às escuras,
ninguém nos veio chamar
para voltarmos ao palco,
agradecermos as palmas,
sabermos se a comédia
acabava bem;

basta tocarmos numa pedra com
uma agulha para ouvir:
morreremos sem saber
o que haverá depois de nós?

Estes são os insatisfeitos, os impacientes,
os que empurram a terra por dentro.
São argila feita de argila,
mas a fúria sobreviveu-lhes, abriu crateras
para respirar, tornou o húmus
amargo e denso e furioso.

Outros, nas cisternas de lama, censuram-lhes
a teimosia: o homem é feito — dizem —
para durar um instante, depois apaga-se,
até o fósforo do seu corpo se diluir
em sonos freáticos;
dizem, repetem, ninguém lhes nega
o bom senso.

(O bom senso não salva —
só a fúria. Mas tem calma,
disso será preciso falar
noutro sítio.)

VIII

Que a vida não é justa prova-se por
não morrermos a morte que queremos:

eu, que conheci todas as palavras, estou agora
condenado a esquecê-las, uma a uma,

entre corredores de luz, comprimidos,
estas caras brancas e anónimas e brancas.

Que o corpo fosse caindo para dentro,
pernas, joelhos, as mãos tremendo,

ainda compreendia; mesmo que doesse
perder os passos, calculando bem a queda

em frente, e declinando, progressivamente,
os convites (o mundo cada dia mais pequeno),

eu, que disse nas palavras a pele do verão,
alta e solar, e a ardência nas areias,

agora fico em silêncio, entre corredores de
luz, e caras brancas, e corredores de luz.

Que os olhos se recusassem a destrinçar
as letras, sob o candeeiro inútil,

e mesmo a música já não fosse, como dantes,
aquela misteriosa lei, mais forte que os corpos,

tudo isso me custava, mas eu compreendia;
e eram tão lentas as perdas, eram tão pequenas,

que até o insuportável ia suportando, aprendendo
astúcias: óculos, comprimidos,

compromissos. Ficar mais por casa. Ter mais cuidado
com o vento. Dar passos mais pequenos.

Mas não morremos a morte que queremos:
a mim, coube-me esta angústia de ver

as palavras descolarem das coisas, uma
a uma, como secos líquenes caindo

das árvores cansadas. Como esta ramagem escura
atrás das grades, toda a noite, atrás dos vidros.

Pois a morte não chega de fora, oxidando rótulas,
brônquios, retinas, mas por dentro:

semente daninha espetada na memória
das sílabas, um bolbo de negrume crescendo,

ácido, invasivo, dissolvendo as bordas
das palavras, portanto as bordas do mundo.

E agora vivo, se ainda vivo, entre corre-
dores de luz e, já disse isto?, caras brancas,

apáticas, que ao menos não sofrem,
não parecem sofrer com a falta de um nome,

de um corrimão a que se agarrem para não resvalar
no esquecimento inteiro; caras brancas que

circulam nos corredores de luz, alheias, ignorando
mesmo a ramagem, as grades na verdade inúteis

(quem saberia içar-se até à noite?),
ignorando tudo, e é melhor assim, viver,

se isto é viver, sem nome, sem forma, sem
a memória dos corpos e do verão terminado.

O que é este corredor, este silêncio, de onde vem
esta luz branca, este silêncio, e como me chamo,

eu, perdidas as palavras, os nomes, o silêncio,
contra as grades inúteis, se já disse isto,

se ainda é viver, se ainda sou eu, este silêncio?

IX

Há uma maçã
vermelha sobre uma mesa, a
janela aberta,
e o mar em fundo.

Porém, a maçã apodrece:
por dentro
oxida; ácida,
exala
um lamento de morte.
Na face invisível começa
o trabalho dos sucos
corrosivos,
transbordando sobre
a efémera
madeira.

Mesa, janela, tudo
arde no tempo; mesmo as ondas
tão antigas
estão mais gastas, mais cansadas,
levando
troncos, ossos, esmagados
contra
os corais —

como amar
também
esta película de podridão,
esta pálpebra desperta
sob todas
as coisas?

Junto ao paredão da morte
há corpos espalhados
no rodízio da luz,
gerando sal,
melanina, a paciente combustão
na espuma.

As ondas dobram
numa exultação de cacos;
e já tudo sabe a posfácio,
mesmo
as primeiras letras matinais,
as abóbadas subterrâneas,
ou o eco dos teus passos.

Não acredites no que te disseram:
nenhum tempo regressa,
nem que bebas chá, proves os bolos
velhos, com o serviço resgatado
da arca, e depois escrevas, nos intervalos
do sono,
uma frase espreguiçada
por cinco mil páginas.

Nada, ninguém
pôde nunca
não morrer;
e nem isso é o mais grave —

mas deixar as oficinas
ao abandono.

X

Com a boca colada ao vidro,
em câmara lenta, soletrando
gestos de afogado, estrangeiros,
lábios roçando a
porcelana das orelhas,
perguntas:
                    sabes
quem eu sou? lembras-te
de mim? queres beber
um copo de água?
de que lado
cai a noite?
                    Mas
o fio do soro dissolve
o vago filme surdo,
desbotado
nos caixilhos.
                    Que faço aqui?
é esta a minha casa?
por que razão a tua cara
está sempre a mudar de luz?

E as nuvens passam
indiferentes, rasgadas na serrilha
das fachadas, deste tempo inútil:

pequeno-almoço,
almoço, lanche,
jantar, o sono pelas horas repartido,
a espera das estações, com
o pico de febre pontual.
                                        Quem
está ali no canto, sentado,
a olhar para o buraco no tecto?
por que razão desapareceu, a meio
do silêncio? e estas mãos, porque
estão presas, cobertas
de lentíssimas
centopeias?
                    Um desacerto
na posologia. Isto é normal? Pode
acontecer, às vezes é da hora
do dia, da noite, de um
lençol encaixado entre a noite
e o dia. Se precisar,
chame,
grite pelo bocal da escuridão.

(Estamos todos a pensar as mesmas coisas, palavra
a palavra, pela mesma ordem, e se alguém, voando
como uma mosca insonora, de repente pousasse

nas mentes de quem pensa, sondando co'a probóscide
o curso das ideias, ouviria surdamente
a mesma frase partilhada, a mesma frase telepática,

um só texto ditado, colhendo aqui sujeito, acolá predicado,
mesmo assim julgamos que o nosso pensamento nos
pertence, e que nunca se repete, e que nunca foi pensado!)

XI

O Espírito do Mundo pede voluntários,
põe anúncios nos dias
classificados, num corpo de letra
tão pequeno
que ninguém sabe ao que concorre,

nem se os gestos lhe pertencem, se
batem certo com o texto,
em que caixa
vive o ponto, talvez cansado
ou afónico e apodrecido,

custa a crer que esta cerveja morta,
este tosco nó de gravata
sejam parte de
uma terrível equação
com cortejos de galáxias,

mas já Baudelaire disse um dia:
a mais perfeita astúcia do
Diabo
foi fazer-nos crer
que não existe.

Precários já somos todos,
este corpo vaza luz por todo o lado,
era escusado pôr ainda
o tempo de vida a preço de saldo,

não valia a pena complicar
o que já era complicado,
tirar terra, casa, destino
e em troca impor as leis

a quem nasceu com tão pouco tempo
e só dez dedos, voz amestrável,
vinte e quatro horas por dia
num aceso microfone.

«Onde se vê daqui a dez anos?»,
perguntam, e tu respondes
segundo a cartilha, não és parvo,
mesmo se nem sabes onde estarás

daqui a dez minutos, talvez na borda
dum copo alto, à espera que rebente
a espuma, como em ti rebentaram
as letras do teu nome.

«E o que pensa que pode trazer à nossa
empresa?» Este mundo e o outro
— prometes —, o *edelweiss* numa salada,
e Cérbero pela trela.

Aos que nascem sem apólice
na carteira da família, só resta
assaltar os bancos & saltar
as seis ou sete gerações que faltam

para um pouco de sossego:
a vida à mão armada,
erros muitos, fortuna escassa,
amor adiado, algum silêncio.

XII

Há quem se divirta assim:
mal acorda, dá uma demão de negrume
à manhã. Fica o dia envenenado,
como o poço da aldeia, morte macabra
de quantos bebem os maus ventos.

Há quem, ao fim do dia, se sinta
cortado de alto a baixo por um fogo
gelado; conforme o sol recolhe, atrás
dos prédios, quem faça as contas
ao calendário das vésperas.

Há quem faça colecção de mortes,
e com tanto empenho, com tanto furor,
que no vencer dos anos a si próprio
se apague, como quem cumpre as profecias
e consegue o cromo mais raro.

XIII

E volto a glosar
os malefícios
da esperança:

esta cara de
vapor colada
aos vidros,

a agenda
do vento a pender
dos beirais,

dizendo: há tempo
para tudo, tempo para
viver e

tempo para morrer,
eclesiastes de trazer
por casa:

esta boca de líquido
cristal
colada às tuas

orelhas, guiando-te pelo
vão
das escadas;

dizes que poderás ouvi-la
amanhã:
tenho tempo,

muito tempo,
tenho todo o tempo do mundo,
agora deixa-me dormir,

dizes,
esqueces, dobras a cara na
almofada, na onda

de saliva, olhos selados
nos envelopes,
são quatro da manhã,

dorme;

e quando o despertador
rasga o dia
acordas,

vestes
cronometricamente
a roupa dobrada de véspera,

e talvez, enquanto aqueces
leite, cereais, e diluis
as notícias no telemóvel,

te lembres, vagamente,
de uma lâmina fria,
uma moeda gasta,

um entrançado de águas
esgotado de noite;
mas já não tens tempo

para tão lenta infusão:
já os números conspiram,
e os carros encaixam na via rápida,

as borras do café são quanto herda
a boca líquida
de cristal.

Depois tudo recomeça:
os cartazes secam nas paredes,
o outono-inverno muda de cor,
a costura da manga vai descosendo;

é bom ir pela rua gritando:
anátema! anátema!, apontando
para as capas das revistas
e os espelhos escorridos;

as ruas recomeçam em anel,
se correres ainda avistarás a tua nuca,
flutuando, cívica e opinativa,
pedagogicamente escanhoada;

mas não te cansas de ouvir a tua voz,
sim, a tua voz, estou a falar contigo,
ouve, ouve, não te cansas da tua
maçã-de-Adão, da tua garganta?

XIV

Este é o lugar: caves alagadas, mitos podres,
vago vento de ocidente, palácios reflectidos no canal,
e estas mãos periféricas, amontoadas em feixes,
saltando a fronteira das águas,
ilhas emigradas num hausto aflito,
a humidade que regressa todos os anos
à parede: mensagem dobrada nas bordas,
fotograma da tua alma, envelhecendo, retrato
gasto pelos pecados;
cena do crime: catacumbas insones no salitre;
se levantares as tábuas ainda ouvirás bater
os ventrículos, as mãos juntas, esta cruz
na boca selada; e um nome inscrito no colete salva-vidas:
já cada grão de pó foi parte da pedra
angular, e o sol era uma seta
ancorada no alto céu;
não estas algemas de praia exaurida,
estéril espuma, e o coro das sirenes, eléctrico,
último avatar das sereias, das fúrias.

O império é mutuamente consentido:
um exército de palavras desgasta as falésias,
as tuas pálpebras postas nas trevas,
a noite costurada sobre outra noite, a tua memória
de retalhos, esquecimentos, um mapa
em branco, a casa desmantelada,
as veias ecoando nomes, tecendo
a rede das montanhas,
e o fumo a desfazer as letras,
um copo de veneno aceite em troca
de uma esmola de vida quotidiana, amortizada
na esperança distribuída por cada manhã.

XV

A profecia estava certa: já tudo
escorre pelo ar, misturando
nomes e preços, certo
desdém pela antiguidade da terra:

já há muito que no vidro
a tua cara se apagou; as memórias
prescreveram: um fundo
de bolor roeu as colunas da cave,
promessas, gratidões, certificados
de aforro; um prazo vencido
em adiamentos sucessivos, raízes
secas, cimentos
desidratados.

Volta a ser outubro, novembro, no burocrático
rigor do calendário; mesmo se
a árvore morreu, assombrada por dentro,
e o rego de água, estrangulado, calou;
volta a ser feriado, festeja-se
o extravio dos postais, mais a exímia pontualidade
do fogo-de-artifício;

mas já tudo se cansa de existir, já os nomes
caem das coisas como rótulos sem cola,
é tarde, está escuro, já uma teia
vai toldando nossos olhos.

Chega a hora em que tens de te vender
por um prato de lentilhas, trinta dinheiros,

e perguntas se vai doer: não, só
um bocadinho, só um espinho de remorso,

noite fora, sobre os cacos
da vida desperdiçada,

por um prato de lentilhas!, uma vergonha
dia a dia repartida, pertencer

a um país, a uma língua corrompida,
a este salário obsceno de dinheiros

emprestados, a hora da especulação
no mercado, da contratação do teu corpo,

e perguntas se vai doer: sim, vai doer
esta ferida da vida tão breve, sol posto

sobre as lâminas, cicatrizes
dos dias terminados, que não regressam,

restos deitados fora, num saco negro,
arrebatado na noite para o desconhecido,

enquanto sonhas uma ilha à deriva,
um silêncio, um tempo sem calendário,

sem lutar por um lugar remunerado,
ou o preço de uma hora, de um minuto

esforçado; vai doer
este cansaço, sol tardio encadeando

cabelos, olheiras, o teu nome estranho
num cartão de cidadão, esta data

de nascimento a escoar pelo ramal
para os entulhos, para este currículo de pó

que é o nome da tua vida, do teu horário
em dinheiro feito, num prato

de lentilhas, esta esperança obscura,
vai doer

esta vida de mortes, esta vida por conta,
esta vida que não regressa

nunca.

XVI

Sentado na esplanada, correndo
o mural das notícias,
vais bebendo a manhã espessa;
tens tempo e paciência,
é lenta a sombra do toldo,
e o sol, os carros, os semáforos
coligam-se para teu passatempo.
Não é bem a sensação de estares
polindo as tuas unhas, muito menos
o pressentimento da embriaguez
pela beleza sem suporte:
já todos nos habituámos
à dose diária de adrenalina,
distracções em segundo plano,
o cérebro imerso no fenómeno.

Sentado na vanguarda das mesas,
pensas: «*no hurries, no worries*,
deixo sem remorsos para amanhã
o que poderia fazer hoje»;
e o teu indicador, guiando a luz,
prodigaliza penas
capitais. Dás-te ao luxo
de ignorar as horas. O sol parou.
Esmiúças o catálogo de urgências,

astúcias e ultrapassagens.
A paciência é a tua virtude; ou será
vício, bebedeira,
lento escorregar da sombra
sobre os teus pés, a borda do ecrã,
este lugar de primeira fila
no espectáculo da gasolina;

dizes: «o que não fizer hoje
farei na próxima encarnação,
com a ponta do indicador hoje decido
o eterno, as prisões, os *habeas corpus*,
e tem de haver algo mais porque, se não,
que sentido teria tudo isto?» *Like*.
Mas o nome do diabo é legião
da paciência: vazando lúpulo
na borda da mesa; ardendo as horas
únicas; recomeçando:

sentado na esplanada, correndo
rapidamente o mural das notícias,
bebendo a manhã lenta, as variações
da sombra, tua serva, adiando
a luz severa, o pânico do *déjà vu*
a cair muito depressa,
os carros arrancam na tua garganta
seca, asfaltada, caligrafada
a fogo, e as sirenes entram
na tua veia, óleo a latejar nas têmporas,
em primeiro lugar na corrida dos nomes,
das datas, deste aplauso de plateia
a comemorar os séculos dos séculos,

e vi nos tronos vinte e quatro anciãos
julgando, condenando esta agenda
de pequenos dias, fotogramas,
palpitações…

…«não exija eu de mim
mais do que é humano», dizes
entredentes, a beber depressa, contra o fogo
costurado à volta da mesa,
corroendo a moldura febril,
actualizada ao segundo, mesmo
um pouco precipitada sobre
as glosas do teu vulto, a jazer
no cimento, traço de giz; ergues a taça
soberana contra o muro dos carros,
ignoras
esta luz pânica destilada da sede,
e chegam as gruas para retirar o sol
dos escombros, a ambulância com
o teu nome, legião, o prazo vencido,
perdeste a última tentativa, *game over* sobre
os ferros torcidos, *couldn't put Humpty*
together again, braçada de sangue espalhado
sem conserto, não reciclável, quem diria?,
o sonho lúcido em *loop* como num ecrã
de domingo à tarde, a alma imortal
a preço de saldo, uma poça em chamas, eis
o teu testamento:
carcaça rubra numa maca;
tão jovem, desperdiçou num segundo tudo o que

tinha!; alguém pega no telemóvel,
ninguém sabe o código, é uma pedra muda,
faixa da meta de corrida nenhuma:
e as bancadas adormeceram, as câmaras desfocaram,
ninguém viu chegar, esbaforido,
este trôpego mendigo, a sombra caindo
aos pés, trespassando a linha
invisível, julgando
que teria tempo para mais, envergonhado
de toda a sua horrível, horrível
paciência, exausto,
exangue, varado de cãibras de alto a baixo,
mas levantando-se, bebendo
mais um copo de *doping*,
mais um copo, como se ainda,
como se ainda, ainda,
um copo mais.

XVII

Essas palavras, agarra-las
pelos colarinhos,
contra a parede, nas vielas,
é um mau encontro tardio,
vagamente armado
de garrafas partidas:
— O sentido ou a vida!,
gritas, frenético,
nunca pensaste que descerias
a tão radicais expedientes.

Mas olha para ti agora,
farto de bibliotecas,
dicionários, enganos
pagos
a preço de ouro; prometeram-te
o graal, a excalibur
ou pelo menos o rendimento
de uma oficina de escrita
criativa; deviam malhar todos
com os ossos na enxovia,
por muito menos apanharias
dez ou quinze anos
à sombra.

Daí esta esperinha, o recurso final
de quem mediu versos, leu
as autoridades, prestou culto dominical
à polissemia do verbo.

Mas olhas nos olhos estas palavras
mudas,
nem sequer assustadas com
a tua súbita, tola
impaciência
nos punhos, nos caninos;

estas palavras impávidas,
sorrindo vagamente da tua fraca figura,
que ambiciona fortunas, pompas,
indemnizações,
e só agarra
sombras,

sobras.

A ponderação,
dizem,
é uma virtude,
tanto

que se recusam
a tomar partido:
Otelo
também era exagerado,

e Iago,
dado o contexto,
lá terá tido
as suas razões.

É estranho
assistir com eles
à comédia
do mundo:

as vítimas, dizem,
puseram-se a jeito,
e as forças de segurança
não podiam senão

impor a ordem
das coisas,
caso contrário, dizem, seria
a anarquia,

e ninguém quer
a anarquia!, dizem,
fazendo um leque
com a folha de sala.

É tão bom ser culto, assinar
o ciclo completo:
Tebas a das sete portas,
Elsinore, Mahagonny,

comentar
a tão boa presença em palco
daquele actor
como-é-que-se-chama;

e depois, a caminho do carro,
estugar o passo, depressa, depressa,
ao atravessar o bairro
social.

XVIII

Andamos todos muito ocupados a
ver as coisas
pelo lado de fora:
cama, porta, as escadas lá para baixo

e um par de violinos.
A dizer: aqui estão as coisas,
aqui estão as coisas
inteiras.

Se no céu as nuvens caem
encolhemos os ombros; não é
culpa nossa, estamos no nosso
cantinho

a jogar o jogo
da normalidade:
compomos o rádio, o motor,
a sombra da casa,

ignoramos que certos fogos
queimam até os nomes das coisas:
o que não vejo, dizemos,
não existe.

Ignoramos que somos feitos
para sermos desfeitos
por este machado caindo
sobre o desigual

tempo das paredes:
o que se leva uma vida a
construir
num segundo se arranca.

Por isso, despede-te
das coisas, enquanto duram:
esta manhã sobre os pinheiros,
este caminho de terra

que percorres sem acordar,
a mesa lenta e disposta ao vento,
as paredes, a cama onde talvez
não voltes a dormir.

Despede-te
das coisas combustíveis:
esta face misteriosa que te fala
do futuro,

este corpo glorioso,
como uma lâmpada
no espelho, na fria água
matutina.

Nada do que tens
te pertence;
nem tu pertences
a ti próprio, quando

te atribuem nome, número,
território,
e o céu se rasga em trovões
cobrindo as vozes.

Não tenhas vergonha
de chorar nas escadas,
tomar os comprimidos
à hora certa;

tem vergonha, apenas,
de morrer em plena vida,
sentir a noite ao meio-dia,
acordar a besta irremissível,

de já nada ser impossível,
de já nada sequer ser difícil:
mentir, omitir, mudar de lado
conforme o calendário,

herdar culpas involuntárias,
hipotecar o sono,
antecipar
a perfídia:

quando fores, no mar
dos mortos, à deriva,
tenta não ir
já morto em vida.

XIX

Em suma: cá estamos.

Gastamos o nosso latim (mas isto não vai lá nem com doses cavalares de paciência, e tentamos dormir embalados pelo canto da água nas tubagens, dos semáforos circadianos, ignorando a oscilação da jangada às costas da tartaruga

Fazemos filas milimétricas (distribuindo prémios, sedativos, variações: e não adianta requisitares os livros daquela gente toda que vende o apocalipse aos fascículos

Picamos o ponto (enquanto os prédios desabam por dentro, roídos pela asma; e coleccionamos o pó em envelopes, museus, saquetas de plástico com fecho fácil, segura eternidade

Contamos os dias (e na boleia das fachadas persignamo-nos contra os extremismos, e bebemos água de exorcismo

Vencemos os prazos (as pequenas lições de cinismo, dissecando agendas secretas na transparência da manhã, prenunciando naufrágios, crudes, o gozo de ter razão mesmo às custas da coerência

E somos todos tão pacientes (no duplo sentido da palavra: calmos, tudo se há-de compor, conta até dez, mas também: doentes, tão fáceis de tratar, tão dóceis e conformados, que amores!, e é tudo a mesma coisa, a mesma arte da paciência, esta superstição de que as coisas vão ao sítio, como se houvesse sítio, como se houvesse coisas, e fôssemos todos imortais, quando basta abrir os olhos para ver o céu a cair às escamas

Cá estamos, em suma: e nunca daqui sairemos.

Depois vai ser preciso
reaprender todos os gestos: pousar
a mão na tua face ausente,
acreditar na luz que escorre pelas janelas,

vai ser preciso confiar outra vez
no vento que viaja entre os corpos,
sem facas, vidros ou minúsculas
missivas fechadas, envenenadas,

vai ser preciso, mesmo se é difícil,
sair à rua, aprender a viver
entre os esquecidos que perderam
o caminho para casa,

fingir que foi tudo um sonho,
um filme duvidoso,
acordar para a normalidade,
como se ainda houvesse algo

a que chamar normalidade,
é difícil, mas vai ser preciso
reaprender as palavras, a não viver
pela metade.

XX

Isto não vai lá com estudos de caso, mas
que mais havemos de fazer?, senão

olhar em volta, analisar esta sequência
de cores, dedadas nos vidros, longa lista

de insónias: lâmpadas acesas, por exemplo, no
terceiro andar, esquerdo, as pálpebras abertas

para o pátio; e se fosse um filme, seria
Rear Window, em *technicolor*, com

uma Grace Kelly a ensaiar passos de cerco
como quem não quer a coisa,

suspeitas, crimes, a montra brilhante do mundo,
stripteases entre cortinas, arrependimentos;

mas para quê ficar dependente
da boa vontade dos vizinhos,

quando se pode ligar um computador,
e ter logo na ponta dos dedos

Madrid, Paris, Berlim, S. Petersburgo, o
Mundo!, e não só os postais enquadrados

pelas janelas do comboio (já não se vê nada,
a paisagem morreu, etc.), mas

secret cams, interiores de apartamentos, as vísceras
expostas, como diz o outro?, os pensamentos

que cada um tem a sós consigo no seu quarto
e os gestos que faz quando ninguém pode ver!,

salvo erro; por outras palavras: quem se contentaria
com o espectáculo movente dos caixilhos,

se pode inscrever-se na rede, montar um perfil
sob pseudónimo, pedir amizade

aos quatro ventos, e depois investigar,
sem partir uma perna,

partilhas, comentários, a facilidade dos
impropérios; espreitar

detectivescamente
a vida dos outros, em troca de ter uma vida

própria; viver por procuração; comer
o que já foi vomitado; copiar os dias

a papel químico, a brilhar com um brilho
emprestado na janela brilhante

brilhando?

XXI

Depois acordas a meio da noite
e
já nada é o que parece:
nem os lençóis encorrilhados, as letras
pousadas
junto à boca,
nem estas mãos suspensas no bloco de negrume;
esta não é a tua casa,
nem
as paredes; e se tocas na
porta abre-se um abismo, cai uma lâmina de vidro
no corredor;
um intruso contempla-te do espelho, barba
rija, olhos pisados de
estrangeiro,
mal dizes uma palavra os azulejos ribombam
na água amarga;
passam-te as teorias mais extravagantes
pela cabeça: um derrame,
um improvável
surto esquizóide, uma complicada abdução
por extraterrestres;

mas nem é preciso tanto:

acordas a meio da noite,
lúcido,
vês esta película a cobrir todas as coisas, esta
ínfima distância em que
tudo escorrega dos teus dedos,
os números absurdos do despertador
escorrem na escuridão;
este peso nas têmporas e
a consciência da
tua nuca,
a crença na presença das ruas e dos prédios atrás
da parede,
o medo a rastejar na planta dos
teus pés,
estes nomes dados às coisas como um
herético
baptismo, descolando pelas bordas,
enrolando,
estes nomes levados pelo vento que passa por baixo
das portas, para um canto do quarto
que te fixa
toda a noite;

mas
assim como ignoras que nomes têm as coisas
quando não estás a olhar para elas,
e se elas sequer existem,
se não serão mais
que um esquema mental montado

por um génio malvado,
supremo encenador,

sabes
que papel encarnaste, que *dramatis*
persona arrastas
sob o apurado holofote,
respeitando
marcações, a estética assinada
por outro nome,
mas ignoras
o nome verdadeiro que te cabe nesta comédia de enganos:
assinas com um
nome falso,
em lado nenhum há um nome verdadeiro
à tua espera.

XXII

E dizem que já tudo se equivale:

a rota dos aviões
e o atletismo
da tristeza,

a nódoa na gravata
e os ventos que
sopram do sul,

o fim do mundo e
as matrículas dos carros,
uma palavra dúbia, a medo, como
cada aposta na roleta,

tudo igual,

um velho livro, há muito anos que
não leio nada,
e a carne triste,
tão triste,
tão tristíssima toda,

um glaucoma todas as noites no
mesmo banco do
mesmo bar,

o sétimo selo mal colado
no gume do envelope,
mesmo assim a carta chegou, não
estás zangado, pois não?,
quando puderes escreve-me, sim?,
ainda estás vivo?, diz,

um só peso,
uma só
medida:

as letras rompendo após
o arado,
e a chamada eternamente
procrastinada,

uma festa amordaçada
pelo deserto,

e eu juro, é tudo mentira,
juro pela minha alma, juro por tudo o que
tu quiseres,

este enxofre na boca
e um riso de fauno,

tudo igual, dizem,
indiscernível,

a guilhotina de cada manhã
e as férias no Bali, as estampas obsidiantes
nos cartazes,
paralelas à autoestrada,
anywhere out of
uma partida perdida,
como foi o seu último suspiro?, disparado
como flecha p'lo vidro,

o telemóvel ainda a vibrar no
bolso da camisa, um logótipo orgânico, agora a tua
barba não vai crescer mais, pouparás
uma fortuna em lâminas,
rasgões de papel higiénico, e todos os animais
desfilam no teu enterro, estás um pouco
confundido, não
estás?, um pouco, como hei-de dizer?,
se eu tivesse,
sei lá, um super-poder, estalar os dedos e
em pleno na psicoterapia, a dormir profundamente,
estou a ver
uma casa velha, um quintal, terra encharcada,
estou nu mas ninguém repara,
e
há um lance de degraus,
quando eu disser três desça o lance de degraus,
não quero,
depois é um ás de copas e já não tens olhos
mas tiras a pele como se abrisses um fecho
éclair, acorda, quando contar até três,
há muito tempo que não me vens visitar, um,
porque é
que não me vens visitar?, acorda,
dois,
não te venho visitar há muito tempo porque
há muito tempo que estou morto,

três,

e acordo
(acho que acordo),

dizem que já tudo se equivale,

uma só moeda,

a tua fome
e o encontro
entre ti
e a tua sombra

(não encaixam bem),

um assalto, nada de muito grave mas
nunca mais deixámos o carro
naquela rua,

e etc.,

não me estás a dizer tudo, em que estás a pensar?,

estou a pensar
que nos dizem
que tudo se equivale:

árvore caída, arrancada pelo vento: as raízes
olham atónitas o céu,
e este chão há-de arder todo, e cada pedra
se levantará contra ti,
é bem certo que o chão é oco, se te debruças
ouves o trovão a subir das gruas,

tudo,

o teu casaco novo
e os vinte e sete imigrantes sufocados num contentor,

este fogo-fátuo ao rés da terra — ou talvez seja mito urbano —
e a tua apostasia cuidadosamente antecipada,
calculada,
ansiada,
e depois estupidamente, estupidamente, estupidamente adiada,

estou tão arrependido,
fiquei a pensar numa coisa que me disseste na semana passada,

e estamos todos tão cansados deste balanço sempre igual,
imagina, já é Domingo
outra vez
e ainda não fiz nada,
ainda nem sequer comecei a

começar, mas amanhã, eu juro,

eu juro,

eu juro,

e tudo se resume a tão poucas palavras: a linguagem
sem mestre: obrigado, se faz favor, odeio-te, enteléquia,

tenho fome, tenho sono, vê como o vento arranca os prédios pela raiz,
e tudo se resume aos pensamentos dos jogadores de bilhar,

giz, apostas, linhas imaginárias,
brio, e outra vez e outra vez,
o fumo recomeçado, o esquecimento no malte
fermentando, a aura na madeira,
para a gente jogar não pode estar nem tensa nem distraída,

se eu jogar todos os dias, uma vez
por dia,
talvez
vença este cancro pespontado pelo avesso dos meus órgãos,

eu juro, eu prometo,
eu proclamo, eu subscrevo,

vão-se os anéis ficam os dedos,

e a partida decisiva,
e o *resort* em África,
e o último *round*,
e a mancha na almofada,
e a estranha vida da pontuação,
e a fé e as obras,
e todos os que morreram pensando que iam para o Walhalla,
e a ponte de cristal,
e aquele frasco de vitríolo que nunca mais ninguém encontrou,
e o espectro sem ofício,
e os caprichos da cotação nos mercados,
e os caminhos que não vão dar ao mesmo lado,
e a tua mão que treme descontroladamente,
e a notícia da bomba intacta na cave,
e os papéis que arderam no incêndio,

tudo, dizem, se equivale,

dizem, mas
eu juro:

tudo

é diferente

e

tudo é

único.

XXIII

Errei, como toda a gente,
o discurso dos meus anos, esqueci-me
das datas, dos encontros marcados
à porta do abismo; descurei
os suplementos vitamínicos, a palavra
em troca de nada,
e nas almofadas perdida, na noite
mais longa
da vida; andei sempre acompanhado por
um amigo imaginário,
meio diabo, meio tolo da aldeia,
pendurado
ao pescoço como um talismã,
ignorando
o endereço de Ítaca, donde as cartas vinham,
certo e sabido,
sempre devolvidas;
distraí-me com
o jornalismo das horas, sacudindo
as folhas de metal, o ruído que faziam, gesto
repetido, compulsivo, um pouco
supersticioso;
mesmo assim morri de morte danada
setenta vezes ao dia, vezes sete,
lançando das estrelas a manilha triunfal

que um ás — com esta é que não estavas a contar! —
secantemente cortava;
assim vez após vez, sem emenda;
vez após vez, engolindo em seco;
vez após vez, errando, errando,
errando.

XXIV

São horas, temos quórum, tudo a postos
para mais um dia de purgatório,
eu disse purgatório?, queria dizer
logística,
                    não sei explicar, é como um sufoco,
um aperto abaixo dos olhos, talvez
um fogo abraçado à garganta,
vivo,
                estão abertas as inscrições para
o debate, a contabilidade das sombras,
eu disse debate? queria dizer
abate,
                para esta borda do prato, o abismo
das sobras, o estar aquém
do limite das quotas, a falhar o exigido
por um triz,
                        e quero propor uma alteração
à ordem de trabalhos; onde se lê pejo
deve ler-se despejo;
se ninguém se opõe, considero aceite a emenda
à convocatória,
                            ou um sono em pleno dia,
travessia da noite pânica, este saber
que nem uma hora se repete, nenhum morto
regressa; não há prémio de consolação
pelos dias desperdiçados,

                                        solicito portanto
que o protesto fique em acta;
estranha safra estéril; ou seja,
dura lex sed lex; eu disse *lex*?,
queria dizer silêncio,
                                sensação
de ser corrompido a cada instante,
pelas mais pequenas distrações (e nem sequer
par délicatesse)
na hora de votar o destino,
aprovando
                    uma excepção,
uma vida burocrática, um sumário
das culpas; eu disse
culpas?, queria dizer
                                algemas,
um nome, um número tatuado,
o pó de outras terras nas solas gretadas,
voz interior a soprar línguas estrangeiras:
eu não sou daqui,
                            estão reunidas
as condições para passarmos
à votação: alguém vota contra? alguém
se abstém? eu disse votação?,
queria dizer
                    que abdico de respirar,
de ocupar espaço, formas e cores
neste mundo infausto,
                                aprovado por
unanimidade, queria dizer
por extremo cansaço.

XXV

Uma mão gelada
cobre a tua boca a meio
da noite,
como num mau filme de terror
:
acordas, não há ninguém, só a aragem
enrodilhada nas cortinas, as horas
geometricamente postas
no despertador, todo este tempo ir-
remediável, dias, anos desperdiçados,
manchas entranhadas nas paredes —

esta mão fantasmagórica, este alarme
das palavras não ditas, no remate
dos lençóis, com
os mortos sentados à volta, esperando,
esperando, os olhos caídos para dentro,
para o poço do corpo podre, esperando
a tua resposta,

mas a
que pergunta?,
a que dúvida inaudita?

Uma mão de gelo desce pela tua
garganta, revolvendo
antigas agendas, cantos de envelopes,
o eco de um nome, uma data trocada:
e o peso das manhãs empilhadas
sobre
um telefonema tardio, suave omissão
de uma meia-verdade, certas
pausas estranhas na tua fala, enquanto olhavas,
intimidado,
para as mãos, chávena vazia,
os atilhos desiguais.

E não chega para sufocar; é só
um pouco de vento, consequência
duma janela esquecida, confusão dos sentidos, misturando
corpo e memória, uma síntese
instável
de estímulos, impulsos, negociação da noite
e do sono, tão pouca coisa
parecendo
coisa de monta;
não passa disto:
a visitação de um susto,
um arrepio.

Puxas os lençóis sobre a cara, viras-te
para o outro lado, recomeças
o jogo químico da paciência, esta arte inexplicável
de adormecer.

Já se apagam os mortos no ar,
apaga-se o sopro da janela,
apagam-se as paredes e a porta e a camisa
displicente na cadeira,
e o anguloso
interruptor,
apaga-se a noite em coisa nenhuma,
e tu desperdiças no mar alto
a tábua de salvação.

XXVI

As funções do corpo, ainda é o menos,
vamos cumprindo sem percalços de maior:
mantemos um horário regular de refeições,
tentamos esconjurar a apneia do sono.

Quanto aos imperativos categóricos,
cumprimos dois ou três, quando dá jeito,
se não complica demasiado a agenda
e alguém está a ver.

Quanto ao resto, ora bem, depende:
o mais prudente é estar atento ao jogo,
calcular que trunfos ainda não saíram,
guardar na manga uma carta a mais.

XXVII

Tudo o que não escrevi
vem-me agora à boca
de repente. Não escrevi
porque era cedo,
porque calculei
que depois teria tempo,
que as palavras ficariam
guardadas numa nuvem
virtual, aguardando
outra promessa de luz;
em suma, joguei a vida
na roleta dos anos, arriscando
demências, confusões,
a fraqueza das sinapses.
Não contava, todavia,
com este tiro pela culatra:
em vez do vazio, um caudal
de vozes desconhecidas,
esquadra de moscas
zumbindo, irritadas,
cheias de vontade de morrer,
mas incapazes
de cortar as veias.

E assim como

as microscópicas patas metálicas
batem
na superfície do vidro,
de fora,
e logo todo o ar repercute
as ondas
de som, vibrando do chão ao ápice
de cimento,
numa balsa surda:
mau dormir, uma desordem secreta
no metabolismo das mãos,
um
estar
eternamente enervado,

do mesmo modo

ínfimas palavras se espetam
dentro das unhas, das pálpebras,
à má-fé,
e ficam, dia sim dia sim, sem
darmos por elas, tão subliminares

que não chegam a
fazer
sangue.

Porém,
como este tamborilar surdo na
transparência luminosa,
mínimo, agudo, perfurante,
as pequenas palavras tecem um
lento
fio, pendendo
de poste
a poste, rede
dissimulada
entre as coisas,
nó corredio
apertando,

apertando.

XXVIII

Fim do dia: o sol pisa a sombra
das árvores. As nervuras tremem
no chão, esparsas e sedentas.
A terra queimada exala
uma nuvem rasa de poeira e aura,
ínfimas línguas de fogo.
E os carros esmagam cigarros
insurrectos; bilhetes
amarrotados reclamam
a memória da forma, pelos
vincos. Números, nomes, tudo
se apaga no alcatrão, nas
ervas secas, dobradas;

tudo morre devagar a sua morte
exausta; vencida, como se diz
de um prazo. Já as fachadas
esmorecem de frente para
a noite, só despertam mais alto
os semáforos, os postes
de iluminação, letras
da insónia colectiva: bares,
cafés, episódicos hotéis,
amnésicas bebedeiras.
As células ensaiam
a dança macabra, o vento desfaz
os passos na gravilha
do caminho para casa;

são horas de fazer as contas ao nome,
averiguar a tabuada, testar a memória
das capitais, forçar uma cadeira
contra a maçaneta da porta, recitar
o elogio do instante. Como numa prece
antiga: estaca, ó sol, suspende-te, lua —
que eu não morra nunca,
que eu não morra nunca,
que a minha alma se salve,
que eu não morra nunca.

Vê então estas caras contra os vidros,
a devorar as ruas, embaciadas; a chama
dos óculos, dos cristais nos dedos;
um risco de luz nas garrafas,
soluço de fogo nos cigarros,
a cegueira brilhante no mostrador
do relógio; e o lustro puxado na chapa
dos carros: metais, vidros, retrovisores,
todas essas lâmpadas bêbedas
e contínuas, tantas, o seu total
ensurdecedor, mas para quê,
e sobretudo: contra o quê, para
provar o quê?

Que estamos vivos, acordados e vivos,
que não morreremos nunca, pois
como morreria esta boca acesa,
esta veia iluminada?
O rebate nos músculos assegura
que existimos. E a noite
em torno decreta
o centro do mundo sob os nossos passos,
sob a condição, apenas, de
não sairmos da pista de dança,
nem nos sentarmos
num banco do bar, de não pousarmos
a cabeça nos braços,
nem adormecermos para sempre;

desejamos o infinito, e é a isto
que sabe: os dias entram nas noites,
um anel de luz a toda a volta;
o nosso nome repetido, nos ecrãs;
estrondo, clarão, depois a chave de uma casa
extensa, profunda, com grandes janelas dando
para outras janelas, muitas,
reflectindo o brilho
do brilho em mais brilho,
como se fosse ainda possível
este tráfico de luzes
não desgastar a nossa forma
original.

XXIX

Gostamos tanto deste tempo: o futuro
do indicativo — armazém disponível,
frase-feita na ocasião propícia —

que nem damos conta, ao prometer os dias,
da poalha negra a cair nas copas
das árvores; das nuvens rápidas;

da trepidação nos solos, nas placas
onde montamos as casas; uma mancha
na pele, num olho, na omoplata estilhaçada;

não damos conta da data de validade
no carimbo das coisas, por dentro,
testando a resistência dos materiais.

Mas isso que dizemos no futuro do indicativo
— onde existe? Em que mundo anunciado
nos aguarda, em que terra de fantasmas?

De que é feita essa casa envidraçada, toda
exposta à luz de um olhar indolente,
essas vísceras transparentes, quer dizer:

onde existe o que não existe ainda?
E se não existe, como nos cabe
nas palavras o inexistente: calendários

de vento, suspiros, uivos,
esta sombra translúcida,
como se aprende

o futuro de cor?

XXX

Aqui comparam-se horrores:
o meu genocídio foi pior
do que o teu.
Números, datas, legendas de mapas,
gráficos, fotografias
(a fotografia, alguém disse, não mente),
troncos, membros, cabeças
a granel,
tudo enterrado à pressa
(o estremecimento dos mortos, alguém disse,
na primavera; irrompendo:
pequenos caules contra
a crosta do solo,
conquista improvável de
cada milímetro do terror).

Aqui estão
os nomes desperdiçados,
ao longo do caminho, entre arbustos
exuberantes;
e ninguém ressuscitou, ressuscitará,
por mais cientificamente que se comparem
estatísticas;
nem nenhum livro substitui
o regresso a casa desta cabeça sem corpo,

desta cabeça medonha,
tão velha;
nem os braços abraçam;
e nenhuns olhos se abrem na noite com
o rebate do céu;

os que esperavam morreram a esperar
as suas esperanças,
exaustos de tantas horas
burocraticamente
enumeradas.

E não adianta escrever os nomes num muro:
nunca se viu um nome ganhar carne,
um corpo de letras regressar
dos mortos. Todos os patronímicos
são estéreis. Os locativos,
inúteis.
A árvore genealógica,
toda absurda.
Nunca se viu um nome
respirar. Nenhum muro compensa
este campo
onde a vanguarda do sangue
corre os sulcos primeiro.

XXXI

Convenhamos: não era isto que estava escrito
no contrato. Já não me lembro
dos pormenores, mas ninguém nos falou
destas noites em branco............................

deste regresso,..
.... a casa estava destruída,
a figueira, arrancada...............................
....

Mas se não se aplicam os termos do contrato,
junto de quem apresentaremos queixa?
Para pedir recurso, o tribunal estava devoluto,
devemos ter escrito mal o endereço.

....
....
....
....

E o pior é isto: já não me lembro bem,
mas no fim da folha havia letras miudinhas,
lavrando: *...com explícita*
renúncia a qualquer outra instância...

Mas qual, se as janelas estão fechadas
a tijolo, a porta pregada com tábuas e teias
de aranha, os nomes na caixa de correio
há muito tempo apagados, ilegíveis,

....
....
e nem é certo que seja este o tribunal,
a morada, o endereço, a vida que nos cabe?

Eis a morada ambígua do corpo,
na amurada uivante,
contra o mar das leis:

pedes a amnistia da voz, mas bem sabes:
não será apagada sequer
uma linha de espuma.

XXXII

E agora vamos urdir no escuro
a tapeçaria dos erros.

E vamos pesar a tua sombra,
vento a escovar os arquivos.

E vamos calar-nos para sempre:
já fizemos barulho a mais.

XXXIII

Já este livro tem vontade de se fechar,
de jurar eterno silêncio;
já este livro diz: basta, estou cansado,
estamos todos cansados de falar tanto,

de quanto era escusado nos dias,
sobretudo este falar ainda quando
o sol da tarde cai na rua inclinada,
demorando nos vidros, espreitando

os parapeitos das casas abandonadas,
como quem pergunta o que é feito
dos vivos, lentamente desaparecidos,
como quem faz a contagem dos nomes

nas fotografias, despedidos
um a um, cadeiras desocupadas à mesa,
poltronas preferidas à janela,
e os casacos adormecidos no bengaleiro,

ainda enfunados pelas formas habituais,
expirando o sopro mínimo,
as couraças descartáveis, abandonadas
à medida do caminho.

E no fim os anjos descolam os nomes das coisas,
e atiram-nos para uma tulha funda e cava,
onde ficam a apodrecer, durante anos e anos,
roídos
pelos ratos e pela esperança.